# CATALOGUE

D'UNE BELLE COLLECTION

DE

# LETTRES AUTOGRAPHES

OU L'ON REMARQUE DES PIÈCES TRÈS INTÉRESSANTES

DE BOILEAU ET DES MEMBRES DE LA FAMILLE DE GRIGNAN

**DONT LA VENTE AURA LIEU LE LUNDI, 23 AVRIL 1866**

RUE DES BONS-ENFANTS, 28

SALLE N° 4

A 7 HEURES PRÉCISES DU SOIR

Par le ministère de Me PERROT, commissaire-priseur, place Saint-Michel, 5

Assisté de M. GABRIEL CHARAVAY.

CE CATALOGUE SE DISTRIBUE

A PARIS

CHEZ GABRIEL CHARAVAY

EXPERT EN AUTOGRAPHES, SUCCESSEUR DE M. AUG. LAVERDET

**5, rue des Poitevins**

1866

## AVIS

Le jour de la vente il y aura exposition de 2 à 4 heures.

On aura huit jours pour la vérification des pièces; passé ce délai, aucune réclamation ne sera admise.

On percevra cinq centimes par franc en sus des adjudications.

M. Gabriel Charavay, chargé de la vente, remplira les commissions qu'on voudra bien lui confier.

---

# CATALOGUE

D'UNE BELLE COLLECTION

DE

# LETTRES AUTOGRAPHES

---

1. **ADAM** (Adolphe), célèbre compositeur de musique, auteur du *Châlet*.

1° Billet aut. sig., 1 p. in-32. — 2° *L'Orpheline de village*, romance aut. sig., paroles et musique, 6 sept. 1845, 2 p. in-f., oblong.

2. **ALMELOVEEN** (Théod.-Jans. Van), savant médecin hollandais, traducteur d'Hippocrate et de Celse.

45 let. aut. sig., en latin, à Henri Van Sypesteyn, à Doorn; Harderwick (Hollande), 1693-1711, environ 80 p. in-4, cachets.

Correspondance littéraire, bibliographique et scientifique fort intéressante.

3. **ARNOULD** (Sophie), actrice de l'Opéra, aussi célèbre par son esprit que par son talent.

L. a., sig. *Sophie Ar.*, à sa chère amie...; Paris, 1er fruct. an 9, 4 p. pl. in-4.

Epître tout à la fois triste et plaisante sur son état de maladie, qui la force à rester *sur son cul comme un vieux singe*. Si elle sort, c'est pour faire *quatorze lieues en quinze jours*. Tout au plus peut-elle se traîner aux Tuileries, et s'y camper sur une chaise pour y regarder les passants et s'ennuyer de son oisiveté. « Qu'y faire? dit-elle; souffrir et puis mourir!... La belle chute!... »

4. **AUBRY-LECOMTE** (H.-L.-V.-J.-B.), très habile dessinateur lithographe.

L. a. s. à Potrelle, marchand d'estampes, 1824, 1 p. in-8. Avec une notice biog. imprimée.

5. **BARBIER** (A.-A.), savant bibliographe, né à Coulommiers.

L. a. s.; Paris, 21 fév. 1807, 1 p. 1/2 in-4.

Relative à son *Dictionnaire des Anonymes*.

6. **LE MÊME**. 4 l. a. s. à Amanton; Paris, 1808-22, 7 p. in-4.

Relatives à son *Dictionnaire des anonymes* et à sa *Bibliothèque d'un homme de goût*.

7. **BASAN** (P.-Fr.), graveur et célèbre expert d'estampes du XVIII^e siècle.

Pièce aut. sig., 1786, 1/2 p. in-4.

Estimation de divers portefeuilles d'estampes gravées par Surugue et autres, et de dessins de Desfossés.

8. **BAUSSET** (le cardinal de), évêque d'Alais, historien de Bossuet et de Fénelon, de l'Acad. franç.

L. a. s. à l'abbé de Madières; Maffliers, 1821, 1 p. in-8.

Relative à l'épitaphe en marbre blanc de M. de Jarente, évêque d'Orléans, que le cardinal a fait placer dans la cathédrale de cette ville.

9. **BAYLE** (Pierre), illustre écrivain philosophe.

L. aut. à M. Valhebert, bibliothécaire, chez l'abbé Bignon; 26 sept. 1697, 1 p. in-4. Un peu fatiguée.

Nouvelles littéraires, relatives à Marsolier, Gregorio Leti, Travenol, Leclerc, etc.

10. **BÉJART** (Armande-Cres-Cl.-Elis.), célèbre actrice, femme de Molière.

Quit. sig., sur vélin, 1678, in-8. Avec un portrait.

Reçu dans lequel est qualifiée « veuve de J.-B. Poquelin, sieur de Molière, valet de chambre de Sa Majesté. »

11. **BELLANGER** (Hip.), célèbre peintre de batailles.

L. a. s. à Alph. Giroux; Rouen, 1833, 1 p. 1/2 in-8.

Relative à un de ses tableaux.

12. **BÉRANGER** (P.-J.), notre grand chansonnier national.

L. a. s. (à Madier de Montjeau); Sainte-Pélagie, 23 fév. 1822, 4 p. pl. in-4.

Epître du plus grand intérêt. — La captivité a pour lui des compensations : il reçoit de tous côtés, de gens qu'il ne connaît pas même de noms, du vin, du gibier, du poisson; les vers et les chansons pleuvent aussi. Il n'est pas sans inquiétude sur les poursuites qu'on lui intente à propos de la publication de son procès. Il en aurait pour deux ans, et comme les prisonniers ne peuvent recevoir que leur femme, et qu'il est célibataire, on lui conseille de se marier. « Voyez, dit-il, toutes les conséquences d'une condamnation. » Il se console un peu en faisant des chansons, qui circulent au dehors. Une des dernières a été copiée à l'audience, pendant son procès, jusque sur le bureau des juges, au nez de Marchangy. Des avis sinistres ont été donnés à Manuel. « Je tremble toujours, dit-il, qu'un coup de poignard n'en prive la patrie. » Détails sur M^me Bérard, qui vient le visiter, et sur Cauchois-Lemaire, qui est dans la même prison que lui.

13. **BERRIAT-SAINT-PRIX** (Jacques), jurisconsulte et érudit, commentateur de Boileau, de l'Acad. des Insc., né à Grenoble.

3 let. aut. sig. au bibliophile Bérard; Paris, 1827-28, 4 p. in-8.

Toutes relatives aux éditions princeps de Boileau, et particulièrement à celles attribuées aux Elzévirs.

14. **BILLAUD-VARENNE**, conventionnel, célèbre membre du Comité de salut public.

L. s. au président de la section du Roi de Sicile; Paris, 14 août 1792, 3/4 de p. in-4, tête de lettre de la Commune, cachet.

Pièce historique. — Il l'invite à faire procéder dans le jour à l'élection des membres que doit fournir cette section à la cour martiale, décrétée par l'Assemblée nationale. « Le peuple, dit-il, attend cette institution : il la veut prompte. » Le conseil de la Commune a pris envers le peuple l'engagement que ce tribunal serait établi *avant minuit*. (Ce tribunal ne fut constitué que le 17; la lenteur de ses *opérations* est une des principales causes assignées aux terribles journées de septembre.)

15. **LE MÊME**. Pièce sig., sig. aussi de *Collot-d'Herbois, Prieur, Thuriot, R. Lindet*, etc.; Paris, 22 therm. an 2, 2 p. in-f., tête imp. du Com. de sal. public.

Arrêté du Comité de salut public donnant au représentant Frécine les pouvoirs les plus étendus pour recueillir en Belgique les subsistances, chevaux, métaux, matières manufacturées et tous les objets susceptibles d'être importés en France pour le service de la République.

16. **BIXIO** (A.), agronome, ministre en 1848.

L. a. s., 1857, 1 p. in-8.

17. **BOILEAU-DESPRÉAUX** (Nicolas), le grand satirique.

L. a. s. à Brossette; Paris, 25 mars 1699, 3 p. in-8. *Belle pièce.*

Il a tardé de lui répondre à cause de la maladie de Racine, qui est en fort grand danger. (Racine mourut un mois après.) — Détails sur un livre contre Boileau que vient de publier Bonnecorse (un poète victime de la verve du satirique). Il le trouve bien hardi d'envoyer un si mauvais ouvrage à Lyon, où l'on obligeait autrefois les méchants écrivains à effacer eux-mêmes leurs écrits avec la langue. — Il refait ainsi la légende que Brossette veut mettre au bas de son portrait, et nous montre, par ces vers, que sa haine de Chapelain était sa principale préoccupation :

Ne cherchez comment s'appelle
L'escrivain peint dans ce tableau :
A l'air dont il regarde et montre la Pucelle,
Qui ne reconnoistroit B***.

18. **LE MÊME**. L. a. s. au même; Paris, 10 nov. 1699, 2 p. pet. in-f. *Belle pièce.*

La mort de Racine lui a laissé un prodigieux accablement d'affaires. Il remercie Brossette de l'envoi du *Télémaque*, qu'il vient de lire avec beaucoup d'avidité. Il souhaiterait que M. de Cambrai eût rendu son Mentor un peu moins prédicateur. Homère, qui est tout action, est plus instructif. Si l'on compare cet ouvrage aux *Maximes*, M. de Cambrai parait beaucoup meilleur poète que théologien. — Cette lettre contenant plusieurs corrections, Boileau s'en excuse, en déclarant qu'il serait fort embarrassé de la récrire.

19. **LE MÊME**. L. a. s. au même; Paris, 8 août 1701, 2 p. pet. in-4. *Jolie pièce.*

Relative à la publication de ses *OEuvres* par le libraire Robustel. Il y a une édition en grand et une édition en petit. On a d'abord débité la première, qui est au moins la quarantième, et qui deviendra fort rare. — Il ne sait si les trois pistoles que Brossette a mises pour lui à la loterie ne sont pas trois louis d'or.

20. **LE MÊME**. L. a. s. au même; Paris, 9 janv. 1705, 2 p. in-8, trace de cachet.

Relative à son portrait gravé (par Drevet), que désire Brossette. Il en donne la légende, où on lui faire dire ces choses qu'il n'a jamais pensées :

Sans peine, à la Raison asservissant la Rime,
Et mesme en imitant toujours original.
J'ay sceû, dans mes escrits, docte, enjoué, sublime,
Rassembler en moi Perse, Horace et Juvenal.

21. **LE MÊME.** L. a. s. au même; Paris, 11 déc. 1710, 2 p. in-8. *Jolie pièce.*

Tableau fort triste de son état de santé : il ne marche plus qu'appuyé aux bras de ses valets, et aller d'un bout à l'autre de sa chambre est pour lui un voyage très long. Son esprit n'est point diminué : il travaille à une nouvelle édition de ses œuvres, qui sera considérablement augmentée. Peut-être le vin de Condrieu (vin blanc estimé dans le Lyonnais) lui réjouira-t-il le cœur, qui est ce qu'il a de plus malade. (Il mourut six mois après.)

22. **LE MÊME.** Lettre de Boileau à Racine, écrite (pour Brossette) de la main de J.-B. Racine, avec des corrections et un post-scriptum de dix lignes aut. de Boileau; Auteuil, 19 mai, 2 p. 1/2 in-4.

Epître curieuse, dans laquelle il parle de la maladie de Furetière, qui, croyant mourir, voulait envoyer quérir tous les membres de l'Académie pour leur faire amende honorable de son *Factum*. Le post-scriptum se termine par une épigramme contre les eaux de Bourbonne, auxquelles il avait eu vainement recours pour une maladie du larynx.

23. **LE MÊME.** *Epitaphe de Racine,* pièce aut., 1 p. in-4.

Hommage touchant rendu à la mémoire d'un ami par un ami. A cette pièce est jointe la première rédaction de Boileau, écrite par l'abbé, son frère, mais corrigée par lui : elles offrent des variantes sensibles.

24. **LE MÊME.** *Les Héros de roman,* manuscrit autog., 23 p. in-4.

Intéressant manuscrit, avec toutes les corrections de Boileau, mais malheureusement incomplet de quelques pages à la fin.

25. **LE MÊME.** Pièce aut., 3/4 de p. in-4.

Fragment de la préface pour l'édition de ses *OEuvres*, de 1713. Il repousse la paternité de plusieurs satires qu'on lui attribue; mais il avoue que lui et Racine sont pour quelque chose dans la *Parodie du Cid*, publiée par Furetière.

26. **LE MÊME.** Deux pièces de vers aut., avec ratures et corrections, 1 p. in-4.

Quatrain de Charpentier et dixain de Boileau sur ce mot de l'*Antologie :* « Ego quidem cantabam, scribebat vero divus Homerus. » Le dixain de Boileau finit par ce vers :

Je chantois, Homère escrivoit.

27. **LE MÊME.** Deux pièces de vers aut., avec ratures et corrections, 1 p. in-4.

*Enigme* (sur la puce) et *vers pour mettre au bas du portrait de M. Racine.* Ces derniers vers se terminent par le fameux *Il sut*

Surpasser Euripide et balancer Corneille.

28. **LE MÊME.** Deux pièces de vers autog., avec ratures et corrections, 1 p. in-4.

Relative à la légende mise par M. Le Verrier au bas du portrait de Boileau gravé par Drevet. Boileau rapporte le texte de cette légende où on lui fait faire son éloge lui-même, et y ajoute sa réponse en huit vers.

29. **LE MÊME.** Pièce de vers de Boileau, avec une note aut., 1 p. in-8 oblong.

*Epigramme de M. de* * (Gourville). Boileau a raturé le nom, mais il a mis de sa main cette note en regard : « Cette pièce n'est bonne que pour ceux qui ont connu particulièrement celui dont on parle. »

30. **LE MÊME**. Pièce de vers aut., avec fortes ratures et corrections, 1 p. in-8 oblong.

« Epigramme sur le buste de marbre que M. Girardon, l'illustre sculpteur, a faict de moi. »

31. **LE MÊME**. Pièce aut., avec nombreuses ratures et corrections, 7 p. in-4.

Préface de sa XIIe Satire, *sur l'Equivoque*, pièce fort intéressante par elle-même, et par les corrections, qui montrent avec quel soin Boileau travaillait ses ouvrages.

32. **LE MÊME**. *Reproches de Chapelain à Boileau, poète à deux tranchants, dialogue*, copie du temps, provenant des papiers de Brossette, 6 p. in-4.

33. **BOILEAU** (Jacques), docteur de Sorbonne, auteur de l'*Histoire des Flagellants*, frère du grand satirique.

L. a. s. (à l'abbée d'Estrées), 2 p. in-8. *Jolie pièce.*

Relative au rang que l'usage assigne aux chevaliers de l'ordre du Saint-Esprit dans les lits de justice.

34. **BOISTE** (Pierre), lexicographe, auteur d'un *Dictionnaire* estimé.

2 l. a. s., 1818, 2 p. 1/2 in-8.

35. **BONAPARTE** (Lucien), frère de Napoléon Ier.

L. s. au citoyen Bouillon; Paris, 25 fruct. an 8, 1 p. 1/2 in-4.

Il le remercie de vouloir bien confier les armes du grand Turenne et le boulet qui l'a frappé, pour la cérémonie de la translation de sa dépouille mortelle aux Invalides.

36. **BOUILLON** (Jacques-Léopold-Charles-Godefroy, duc de), dernier prince souverain de Sedan, né le 12 janv. 1746, mort le 18 pluv. an 10.

1° Papiers relatifs à l'échange de Sedan avec Louis XIV, à la confiscation des droits des Bouillon par la Convention, et aux revendications des membres de cette famille; dossier intéressant, offrant la matière d'un fort volume in-f. — 2° Manuscrit autog. du prince, divisé en cahiers in-f., et formant la matière d'environ 3 volumes.

Ce manuscrit, distribué par chapitres, est relatif aux mœurs du temps et aux femmes. Voici quelques-uns des titres : *Sur les jolies figures des femmes et sur les laideurs de celles des hommes; — Sur le coquinisme et l'honnête homme*. Un des chapitres est intitulé *Description de Navarre*, une de ses résidences, près d'Evreux.

37. **BOURSAULT-MALHERBE**, comédien et conventionnel, un des thermidoriens dont la fortune rapide excita le plus de scandale.

L. a. s.; Rennes, 12 frim., 3 p. in-4.

38. **LE MÊME**. 3 l. a. s., an 3, 3 p. in-f. et 4 p. in-4.

39. **BROFFERIO** (A.), député et historien, le chef du parti démocratique en Piémont.

L. a. s., en français, à M. Yvan, à Bruxelles; Turin, 25 mai 1852, 2 p. pl. in-4.

Belle lettre, toute politique. « Chez nous, dit-il, les affaires vont assez bien, mais sur toutes nos frontières s'agite la réaction... Si le ministère est faible, le roi est ferme, et ses bonnes intentions sont connues de tout le monde. »

40. **BROSSETTE** (Claude), avocat, ami et commentateur de Boileau.

L. a. s. à M. Clautrier, secrétaire du contrôleur-général; Lyon, 19 août 1714, 2 p. in-4, joli cachet.

Belle lettre relative à la sédition qui a eu lieu à Lyon au commencement de juin, à la nomination de l'abbé de Villeroy à l'archevêché, et au séjour de la reine de Pologne dans cette ville.

41. **LE MÊME**. L. a. s. à Fabri et Barillot, libraires à Genève; Lyon, 31 janv. 1724, 3 p. pl. in-4, cachet.

Très intéressante épître relative à l'édition de *La Fontaine* que donnent ces libraires, et particulièrement à celle de *Boileau* qu'ils publient et dans laquelle Brossette voudrait qu'ils insèrent une réponse faite par le satirique à des attaques de Leclerc et de Huet.

42. **LE MÊME**. 1° Copie (du temps) d'une lettre adressée par lui à Boileau le 10 mars 1699, sur la légende de son portrait gravé par Drevet. — 2° L. a. s. de *Fabri et Barillot*, libraires à Genève, à Brossette, sur l'impression du Boileau avec ses commentaires, et copie, par eux, d'une curieuse lettre de J.-B. Rousseau sur le même sujet, 1715, 5 p. in-4.

43. **BUGEAUD**, maréchal de France.

1° L. s., à l'occasion de son élévation à la dignité de maréchal; Alger, 22 août 1843, 1 p. in-4.—2° Pièce aut. sig., comme *ex-colonel du* 14° *de ligne*, 1831, 1 p. in-4.

44. **CAMPAN** (Mme), lectrice de Marie-Antoinette, auteur de *Mémoires* sur cette princesse.

L. a. s. au grand chancelier de la Légion d'honneur; Ecouen, 1er av. 1811, 4 p. pl. in-f. *Belle pièce*.

Sur les mesures à prendre pour mieux fermer la maison impériale d'Ecouen, où un chien enragé a failli pénétrer et causer d'horribles accidents.

45. **CANCELLIERI** (Fr.), savant bibliographe piémontais, président de l'imprimerie de *la Propagande*.

L. a. s., en italien, à M. Marcel; Rome, 1809, 1 p. in-4.

Relative à la mort du savant *Zeoga* et aux ouvrages qu'il laisse.

46. **CHANGARNIER** (le général), commandant en chef de l'armée de Paris.

L. a. s.; (Bruxelles), 15 janv. 1852, 2 p. in-8.

47. **CHARDON DE LA ROCHETTE**, helléniste et bibliographe érudit.

4 l. a. s. à Amanton, 1810-12, 10 p. in-8 ou in-4.

Intéressante correspondance relative à divers sujets d'érudition et de bibliographie.

48. **CHARENTE-INFÉRIEURE.** 28 pièces, sur papier ou sur vélin, formant la valeur d'un volume in-folio.

Dossier intéressant, comprenant : une charte sur vélin, relative à la Rochelle, de 1424, gr. in-f.; autre charte sur vélin concernant Notre-Dame des Halles de Saint-Jean-d'Angély, 1474, 2 p. in-f.; 4 pièces sur vélin, sig. de Louis XIII, datées du *camp devant la Rochelle* et du *camp devant Royan*, 1622 et 1628; — 22 pièces gr. in-f., dont une sur vélin, relatives aux communautés des Ursulines, des Dames hospitalières de la Charité et des prêtres de l'Oratoire de *la Rochelle;* aux communautés de Notre-Dame, de Sainte-Claire, des Carmélites et des Filles de la Charité de *Saintes;* et à la communauté des Nouvelles-Catholiques de *Pons:* dénombrement des biens de ces diverses communautés, revêtus des signatures des supérieures.

49. **CHARLES VII**, roi de France.

L. s., sur papier, au trésorier de Toulouse; Bourges, 1er juin, 1/2 p. pet. in-4, fragm. de cachet. Tachée d'eau.

Ordre de faire porter des lettres aux sénéchaux de Languedoc et de plusieurs villes du même pays.

50. **CHARTE.** Ordre du fils aîné, lieutenant du roi (Charles V, fils du roi Jean), de payer 58 deniers d'or pour l'achat de certains atours pour Jeanne, sa fille, et les femmes de son service; 23 oct. 1357, in-4 obl., trace de cachet. Un peu endommagée.

51. **CHAUMETTE** (Anaxagoras), procureur de la Commune de Paris, décapité en 1794.

Let. sig. à la section de 1792; Paris, 6 fév. 1793, 1 p. in-4, tête imp. de la Commune.

52. **CHRESTIENNE DE FRANCE**, fille de Henri IV, duchesse de Savoie.

Pièce sig.; Turin 9 fév. 1738, 1 p. in-f., cachet.

Ordre de compter 4,593 ducatons au comte Baldessare Messerati, pour l'acquisition de son fief de Casalborgone.

53. **CLÉMENT** (Pierre), célèbre critique, surnommé par Voltaire *l'Inclément.*

L. a. s.; 5 brum. an 10, 1 p. in-4. Piquée d'humidité dans une marge.

Intéressante lettre relative à ses ouvrages.

54. **CLERGÉ.** 7 pièces.

Discision aut. sig. d'un théologien du XVIe siècle, nommé Ladvocat, sur le *baptême des hérétiques,* 1 p. in-4. — Relation de ce qui s'est passé au sujet du *refus des sacrements,* par le curé de Saint-Étienne-du-Mont, à un prêtre de Marseille, mars 1752, manuscrit original, 50 p. in-12. — Assemblée du clergé de France au sujet du *refus des sacrements;* copie sig. par *l'abbé de Coriolis,* 26 p. in-f. — Plaintes d'un anonyme au sujet du *prix exorbitant des chaises dans les églises,* 3 p. in-f. — Discours prononcé à la proclamation de *Gobel* comme évêque de Paris, par M. Beauvais, prés. de l'Ass. électorale, et sig. de lui, 17 mars 1791, 4 p. in-4. — Lettre de l'archev. de Paris Debelloy sur l'heure du mariage religieux, 5 frim. an 11, 1 p. in-f.

55. **CLÉRIC** (Pierre), jésuite, poète, traducteur en vers français de l'*Electre* de Sophocle, couronné huit fois par l'Acad. des Jeux floraux, né à Béziers.

L. a. s. à Brossette; Toulouse, 12 juil. 1717, 3 p. pl. pet. in-4.

Intéressante épître, toute relative à l'édition de Boileau accompagnée des commentaires de Brossette.

56. **COCHIN** (Ch.-Nic.), habile graveur, garde du cabinet des dessins du roi.

Pièce aut. sig.; Paris, 31 juil. 1760, 3/4 de p. in-4.

Il déclare avoir reçu de M. Massé, peintre du roi, les 51 dessins, exécutés par celui-ci, d'après les tableaux peints par Ch. Lebrun dans la grande galerie et les deux salons de Versailles.

57. **COLLÉ** (Ch.), célèbre chansonnier et auteur dramatique.

L. a. s. au comédien Préville, 5 juil. 1778, 1 p. in-4.

Charmante épître relative à la *Partie de chasse de Henri IV*, sa meilleure pièce.

58. **CONTAT** (Louise), célèbre comédienne, femme de Parny.

1° 5 billets aut. au citoyen Ségaux, 9 p. in-18. — 4 let. la concernant, dont 2 l. a. s. du célèbre architecte *Ch. de Wailly*, de 1788, où il réclame le montant des décorations exécutées par lui dans sa loge.

59. **COURT** (Joseph-Désiré), célèbre peintre d'histoire et de portraits.

L. a. s., 1837, 1 p. in-8.

60. **COUTHON** (Georges), célèbre conventionnel, décapité avec Robespierre.

L. a. s. à Gaultier de Biauzat, député à l'Assemblée nationale; (Clermont, fin janv. 1790), 1 p. in-4, beau cachet aux armes de la ville de Clermont.

Relative à la nomination de Biauzat à la mairie de Clermont.

61. **CUVIER** (Georges), illustre naturaliste.

L. a. s., comme secrétaire perpétuel de l'Acad. franç., au baron de Bock; Paris, 1828, 1 p. in-4.

62. **DAVID** (Félicien), célèbre compositeur de musique.

*Sérénade* aut. sig., paroles et musique, 3 p. 1/2 in-f.

63. **DELACROIX** (Eug.), célèbre peintre d'histoire, de l'Institut.

L. a. s. à M. Souty, 21 sept. 1848, 1 p. in-8.

Conseil pour le placement d'un tableau.

64. **LE MÊME**. L. a. s. à M. Motte, lithographe, 1 p. in-8.

Il demande une pierre pour une lithographie de la dimension de celle du *Giaour*.

65. **LE MÊME**. Deux croquis au crayon, études différentes de son tableau du *Giaour*, 2 feuilles in-4, sur lesquelles se trouvent d'autres petits dessins du même maître.

66. **DELAROCHE** (Paul), grand peintre d'histoire, memb. de l'Institut.

L. a. s., 21 fév. 1845, 1 p. in-8.

Il regrette de ne pouvoir montrer les tableaux qu'il a peints en Italie, et qui sont entre les mains des graveurs.

67. **DÉSAUGIERS** (M.-A.), le plus gai de nos chansonniers.

1° let. aut., paraphée, aux administrateurs du Vaudevill e 1826, 3 p. in-4. — 2° l. a. s., 1827, 1 p. in-4.

La première lettre, très curieuse, est relative à Lepeintre.

68. **DIVERS**. 6 lettres.

Caron (l'abbé), l. a. s., 1815, 1 p. in-4. — Lally-Tollendal, 1814, 1 p. in-4. — Roy (le comte), an 11, 1 p. in-4. — Lettre sig. de Guizot, François de Neufchateau, Ferrant.

69. **DONGOIS**, greffier en chef du Parlement, neveu de Boileau, qui en parle souvent dans sa correspondance.

L. a. s.; Paris, 6 juin 1695, 3 p. pet. in-4. *Belle pièce.*

Relative aux droits de préséance des princes et des dignitaires de la couronne. — M. Despréaux, qui le voit écrire cette lettre, le charge de rappeler les ordonnances pour M. Racine.

70. **DOUCET** (Camille), poète dramat., de l'Acad. franç.

L. a. s., 15 janv. 1845, 3 p. pet. in-4. *Curieuse.* Un peu rognée dans les marges.

71. **DUPIN** (M.-M.-G. de *Fontaine*), fille de Samuel Bernard, épouse du fermier général, amie de J.-J. Rousseau, qui lui consacre de belles pages dans ses Confessions (v. le n° 163 de ce Catalogue).

L. a. s. (minute) à l'archev. de Bourges; Paris, 1er oct. 1771, 2 p. 1/2 in-4.

Elle sollicite en faveur des religieux du Blanc, qui craignaient d'être déplacés.

72. **LA MÊME**. 1° l. aut. à M. Jacob, à Chenonceaux, 28 août, 2 p. in-4. — 2° quit. aut. sig., 11 juil. 1733, 1/3 de p. in-4.

73. **DUPIN DE CHENONCEAUX** (Mme *Rochechouart*), bru de la précédente, femme remarquable par sa beauté et son esprit, que J.-J. Rousseau regardait comme *un ornement de son sexe.*

2 quit. aut. sig., dont une est revêtue de la signature de Dupin, le fermier général, 1769, 2 p. in-8.

Relative à la tutelle de son fils.

74. **ÉTAMPES**. Registre original des déclarations et prestations de serment des ecclésiastiques de l'arrondis-

sement d'Etampes, avec la désignation de leurs fonctions, la date de leur institution par l'évêque de Versailles, et toutes leurs signatures; an 10, 16 p. in-f. Curieux document.

75. **FAVART** (Ch.-S.), célèbre auteur dramatique.

1° Reçu aut. sig., 1777, in-8. — 2° *Hippolyte et Aricie*, parodie aut., 45 p. in-f. Un peu fatigué.

76. **FAY** (Léontine), dame Volnys, excellente actrice du Théâtre-Français.

2 l. a. s. à Klein et à Leménil, 1843, 2 p. in-8.

77. **FEMMES PEINTRES**. 3 lettres.

Lebrun (Mme *Vigée*-), let. aut., sig. à la 3e pers., au comte de Forbin, 1 p. in-8. Portrait. — Mirbel (L. de), 1 p. 1/4 in-8. — Houdebourg-Lescot (Hort.), 3 p. in-8. Portrait.

78. **FEMMES POËTES**. 6 let. aut. sig.

Dufrénoy (Mme), petit billet. — Valmore (Marceline) à Jacques Arago, 1832, 3 p. in-8. Frippée. — Tastu (Amable), 2 billets. — Ancelot (Virginie), petit billet. — Belloc (Mme), 1 p. in-8.

79. **FÊTES DE L'ÉGLISE**. Recherches sur les fêtes de l'Eglise, et en particulier sur celles du diocèse de Paris, manuscrit original écrit au milieu du XVIIIe siècle, composé de cahiers et de notes formant la matière d'un fort volume in-folio.

80. **FRANÇOIS Ier**, roi de France.

L. s. à M. Duchillou, vice-amiral; Autun, 12 août, 1 p. in-f. *Belle pièce.*

Il est très aise qu'il ait fait rentrer la nef *Loyse* au Havre, et que l'on ait fait sortir des navires de Honfleur et de Dieppe pour garder les côtes contre les ennemis. Il charge Jehan Gombault, conseiller au parlement, et Conflans, son premier huissier, de visiter les côtes de Normandie, de Bretagne et de Guienne, pour voir de quels vaisseaux et de quels gens on pourrait se servir au besoin. Il recommande que l'on ne coure point sus aux gens des rois d'Angleterre et de Portugal, ses alliés.

81. **LE MÊME**. L. s., contres. *Bayard*, à M. Thesnaige, son ambassadeur auprès de Charles-Quint; Romorentin, 27 av. 1545, 1/2 p. in-f.

Il lui donne des instructions sur le langage que le prince de La Roche-sur-Yon doit tenir à l'Empereur.

82. **GÉRARD** (François), grand peintre d'histoire, de l'Institut.

L. a. s. à une personne qui veut lui faire faire un dessin; 21 juil. 1827, 2 p. in-8. *Jolie pièce.*

83. **GRÉGOIRE** (Henri), célèbre constituant et conventionnel.

L. a. s. à M. Masson; Paris, 28 juill. 1810, 1 p. 1/4 in-4.

Intéressante lettre relative à la découverte récente de l'épitaphe de Racine, pour la conservation de laquelle il engage M. Masson à faire des démarches auprès du ministre de l'intérieur et du préfet de Seine-et-Oise, l'Institut ne pouvant rien à cet égard. « Vous savez, dit-il, combien me sont chers les souvenirs de Port-Royal : le monument que vous faites revivre en est une relique. . »

84. **GRENOBLE** (conspiration de), en 1816, affaire Didier.

1° Dépêche télégraphique du ministre de la police (Decazes); Paris, 12 mai, 4 h. du soir, 1 p. in-f.

Ordre d'exécution des 21 condamnés, ainsi que David; promesse de vingt mille francs à qui livrera Didier.

2° L. a. s. du chancelier *Dambray* au procureur-général à Grenoble; Paris, 12 mai 1816, 1 p. in-f.

Le châtiment doit suivre de près le délit; tous les juges feront sans doute leur devoir dans cette circonstance; il ne peut pas être question de clémence à une époque aussi voisine de la révolte; la cour prévôtale devra user avec circonspection de son droit de recommander des accusés à la commisération du roi, et il est surprenant qu'elle ait recommandé Pierre David.

3° L. a. s. du même à M. Anglès, prem. prés. de la Cour royale de Grenoble; Paris, 14 mai 1816, 1/2 p. in-f.

Il est satisfait des détails sur le jugement et l'exécution des premiers révoltés. La Cour prévôtale a parfaitement répondu au but de son institution, et la Cour royale ne pouvait seconder ce zèle que par sa promptitude à rendre son jugement de compétence. « J'espère, dit-il en terminant, que le premier exemple *et ceux qui ne tarderont pas à le suivre*, étoufferont bientôt jusqu'au dernier germe de révolte... »

85. **GRIGNAN** (Louis *Adhémar de Monteil*, comte de), gouverneur de Provence, célèbre par les services qu'il rendit au parti catholique pendant les guerres civiles, mort en 1590.

4 let. sig., avec la souscript. aut., à MM. de Tournon, Bastard de Suze et autres; Grignan (vers 1589), 6 p. in-f., cachets. Fortement piquées d'humidité.

Relatives aux affaires du temps.

86. **GRIGNAN** (François de), abbé d'Aiguebelle, évêque de St-Paul-Trois-Châteaux, puis archev. d'Arles.

1° L. a. s. à M. Guillot, au Pont-St-Esprit, (vers 1650); ce samedi au soir, 1 p. in-f. — 2° Pièce sig., sur vélin, 1643, 2 p. 1/2 in-f.

87. **GRIGNAN** (le chevalier de).

1° L. a. s. à son frère le comte de Grignan; Aix, 1610, 2 p. in-f., cachet. — 2° Reçus sig.; Avignon, 1633-36, 1/2 p. in-4 et 1/2 p. in-f.

88. **GRIGNAN** (Louis-Gaucher, comte de), mestre de camp du régiment d'Adhémar, maréchal de camp, père du lieut.-gén. de Provence, mort en 1668.

L. a. s.; Grignan, 13 juil. 1626, 1 p. pl. in-f. *Belle pièce.*

89. **GRIGNAN** (Marguerite d'Ornano, comtesse de), femme de Louis-Gaucher de Grignan.

L. a. s. à M. Armand, à Marseille; Grignan, 1648, 1 p. in-8, cachets armoriés.

90. **GRIGNAN** (Fr. *Adhémar de Monteil*, comte de), lieut.-gén. en Languedoc et en Provence, gendre de M^me^ de Sévigné.

4 pièces sig., dont une avec 3 lig. aut., 1653-1714, 6 p. in-4 ou in-f., cachets.

Pièces d'intérêt privé. L'une d'elles, de 1699, porte la signature de Joseph *chevalier de Grignan*, maréchal de camp.

91. **GRIGNAN** (Françoise-Marguerite, comtesse de), fille de Mme de Sévigné, qui l'a rendue à jamais célèbre par sa correspondance.

Obligation aut. sig.; Aix, 20 av. 1673, 1 p. in-8 oblong.

Elle s'engage à tenir compte au sieur Mossy, rentier d'Entrecasteaux, de la somme de 1,500 liv. qu'il a payée par son ordre.

92. **LA MÊME**. 1° Note aut. sur son argenterie, (vers 1704), 1 p. 1/4 in-8. — 2° Note aut. de 8 petites lig.

93. **GRIGNAN** (Joseph d'*Adhémar*, chevalier de), maréch. de camp, époux de Gabrielle d'Oraison, frère du comte de Grignan, et son souffre-douleur, ainsi que nous l'apprend Mme de Sévigné.

L. aut. à M. de La Moignon; (Marseille), 16 juil. (vers 1705), 3 p. 1/4 in-8. *Belle pièce.*

Epître agréablement tournée. — M. de La Moignon voulant se retirer à la campagne, il cherche à l'en détourner. « Je comprens pourtant mieux que personne, dit-il, le goust de la solitude, mais ce n'est le partage que des gens inutiles comme moy. » Il lui fait part ensuite des alarmes que lui a causées la maladie du maréchal de Lorges, lui recommande Mlle de Grignan du faubourg St-Jacques, et plaint beaucoup cette pauvre comtesse d'Harcourt, tyranisée par sa belle-fille. — A cette lettre on en a joint une écrite et signée en son nom, au même, datée de Marseille, 16 janv. 1705.

94. **GRIGNAN** (famille de), 9 lettres adressées à divers membres de cette famille par les personnages suivants : *Campobas* (de), (vers 1520), 2 lettres. — *Cubières*, (vers 1585). — *Dunoyet*, vice-légat d'Avignon, 1621. — *Duvilar;* La Bastide, 1647. — *Iroy* (comte de), 1612. — *Fochy* (Bernard de); Lyon, vers 1520. — *Barruel*, (vers 1650). — *Cumiana* (le maréchal de), 1626.

Ces pièces sont relatives aux affaires de la famille de Grignan. La plupart sont piquées d'humidité.

95. **LA MÊME**. 17 pièces relatives à cette famille, actes notariés, pièces de procédure, etc. Dossier intéressant comprenant environ 100 p. in-f.

96. **GRISI** (Carlotta), une des plus célèbres danseuses du XIXe siècle.

L. a. s. à Jules Janin; (vers 1842), 2 p. pl. in-8.

Elle lui annonce son engagement à l'Opéra, où elle se trouve traitée mieux que Fany Elsler et Taglioni ne l'ont jamais été. « C'est à votre protection et à votre esprit, dit-elle, que je suis redevable de la position que j'ai conquise... Il faut bien que je remercie les divins feuilletons auxquels je dois tout. »

97. **GROS** (le baron), grand peintre d'histoire, de l'Institut.

L. a. s. au comte...; 11 juil. 1827, 1 p. in-8.

98. **GUILLOTIN** (Jos.-Ig.), célèbre médecin et constituant, introducteur en France de l'instrument de supplice qui porte son nom.

Pièce sig., 9 fév. 1808, 3 p. in-4.

Procès-verbal de la séance de ce jour de l'Acad. de médecine, dont il était président. Il contient l'approbation donnée par le gouvernement à la création de ce corps. — On a joint à cette pièce la curieuse brochure de M. Dubois intitulée *Recherches sur la guillotine et détails sur Sanson.*

99. **HEIM** (Fr.-Jos.), célèbre peintre d'histoire, de l'Institut.

L. a. s., 8 fév. 1831, 1 p. pet. in-4.

Relative à son tableau représentant *les Députés apportant à Louis-Philippe l'acte de son élection à la couronne.*

100. **HENRI IV**, roi de France.

L. a. s. à M. Servin; 24 août, 1/2 p. in-f.

Il lui mande de faire vérifier sans retard les lettres d'abolition qu'il a accordées, *pour certaines considérations*, aux sieurs Lecourtois, Croiset et Rifardeau. Non-seulement cette vérification importe au service, mais à sa promesse, qu'il veut être *inviolable.*

101. **LE MÊME**. L. s. à l'archevêque d'Aix; Fontainebleau, 26 mai 1605, 1/2 p. in-f.

Il l'invite à faire chanter un *Te Deum* en l'honneur du pape Paul V, élu le 16 de ce mois.

102. **HEURES SUR VÉLIN**, en latin, avec calendrier en français, manuscrit de la fin du XV^e^ siècle, avec capitales et entourages enluminés et rehaussés d'or, et 4 miniatures; 1 vol. in-12, ancienne reliure en veau.

103. **JEANNIN** (le président Pierre), illustre homme d'Etat, qui s'opposa courageusement aux massacres de la St-Barthélemy à Dijon, embrassa ensuite le parti de la Ligue, puis servit avec éclat la politique de Henri IV.

L. a. s. à M. de La Chastre (à Orléans); Rouen, 16 mai (1589?), 1 p. pl. in-f., cachets.

Dépêche, écrite une partie en chiffres, contenant des détails du plus grand intérêt sur les affaires de la Ligue, dans lesquelles le président Jeannin se trouvait alors engagé. Il supplie M. de La Châtre, au nom de Monseigneur (le duc de Mayenne, sans doute) d'employer toute son autorité pour rétablir la bonne union entre les habitants d'Orléans, et empêcher le mauvais effet de la plainte de MM. de La Gaignerie et Montigny contre M. D'Ermonville. En terminant, il annonce la surprise du comte de Soissons (fait prisonnier en se rendant à Rennes pour prendre possession de son gouvernement de Bretagne).

104. **HUYGENS** (Constantin), secrét. des commandements du prince d'Orange, célèbre poète latin, père de l'astronome.

L. s., en français, avec la souscript. aut.; Anvers, 2 déc. 1635, 1 p. in-f.

Lettre adressée à un littérateur qui a envoyé un ouvrage au prince d'Orange.

105. **LACHAMBEAUDIE** (Pierre), le fabuliste populaire.

L. a. s. (1848), 1/2 p. in-8. *Curieuse.*

106. **LACOMBE** (J.-B.), instituteur, né à Toulouse, président de la commission militaire de Bordeaux pendant la Terreur, décapité après le 9 thermidor.

L. a. s. au représentant Ysabeau; (prison de Bordeaux, vers le 25 therm. an 2), 2 p. 1/2 in-4.

Alors en jugement, et poursuivi par la haine des Bordelais, qui demandaient sa tête et criaient : *a la guillotine le tyran de Robespierre!* il en appelle à Ysabeau, qui a été témoin de sa conduite. Il se reconnaît coupable de quelques faiblesses; mais il maintient que les citoyens de Bordeaux ne le poursuivent avec tant d'acharnement que pour les jugements *justes et sévères* rendus par la Commission sous sa présidence. « Quel que soit mon sort, dit-il, on m'entendra crier, du fond de mon cœur, vive la République, et je la chérirai jusqu'au dernier soupir. » (Quelques jours après, le 27, il était condamné à mort et exécuté.)

107. **LAFAYETTE** (le marquis de), illustre général et homme d'Etat.

L. a. s. à un de ses collègues; La Grange, 13 juin 1832, 1 p. 1/4 in-4.

Pièce historique, relative au convoi du général Lamarque. — On lui demande s'il est vrai, comme l'assurent des *personnes recommandables*, qu'il ait déposé une couronne sur le bonnet rouge porté à ce convoi. Il répond que cette assertion est à la fois une sottise et un mensonge, et il rappelle son attitude de 1792 et 1793, époque où ce sanglant symbole servit de drapeau aux plus criminelles violences. Les cinquante-six années de sa carrière publique sont aussi une protestation contre les illégalités qui tendent à détruire les principes de la révolution de 1830. « Elle n'en finira pas moins, ajoute-t-il, malgré nos mécomptes, par accomplir ses destinées et les vœux de toute ma vie. »

108. **LALANNE** (Léon), ingénieur, directeur des Ateliers nationaux en 1848.

L. a. s.; Mortain, 1835, 7 p. in-4.

Toute relative à l'état des routes dans l'arrondissement de Mortain.

109. **LAMENNAIS** (F. de), illustre écrivain français.

L. a. s. au baron d'Erkstein; 13 fév. 1836, 1 p. 1/2 in-8.

Sur la difficulté d'insérer avec fruit des articles savants et de longue haleine dans les journaux, où ils passent trop vite. Il ne faut pour ces feuilles que des mentions actuelles et pratiques, traitées avec concision. « Qu'auraient fait de l'*Iliade* les faiseurs d'almanachs à Athènes ou à Syracuse?... »

110. **LA MÉSANGÈRE** (Pierre), le créateur des journaux de modes, né dans l'Anjou.

1° Une gravure de modes, avec 2 lig. aut. sig., 1823, in-8. — 2° Article curieux sur des modes de la Restauration, aut., 5 p. in-8.

111. **LANTIER** (E.-F. de), littérateur distingué, auteur des *Voyages d'Anténor*, né à Marseille.

L. a. s. à Arthus Bertrand, son éditeur; (Marseille, 1813), 1 p. 1/2 pet. in-4.

112. **LE MÊME**. 2 l. a. s. au même; Marseille, 1816, 3 p. in-8.

Relatives à des difficultés qu'il a avec son éditeur pour l'impression de ses *Contes*.

113. **LAUTREC** (Odet de *Foix*, comte de *Comminge*, seigneur de), maréchal de France, illustre capitaine des règnes de Louis XII et de François Ier.

Pièce sig. sur vélin, en italien, comme lieut.-gén. en Italie; Milan, 14 fév. 1518, 1/2 p. in-f.

Relative au changement du gardien des clefs et des portes de Milan.

114. **LAVOISIER** (A.-L.), illustre chimiste.

L. a. s. à un de ses parents; (Paris, vers le mois de mai 1793), 1 p. 1/3 in-4. *Belle pièce.*

Il lui envoie un récépissé de 34,086 francs pour l'achat de biens nationaux faits pour lui-même dans les districts de Soissons et de Compiègne, et l'engage à ne point chercher à s'exempter de concourir au recrutement pour la Vendée, à moins que ce ne soit de concert avec la commune de Villers-Cotterets et les jeunes gens en état de porter les armes. « Paris, dit-il, est aujourd'hui dans un état de crise dont vous entendrez parler par les journaux. En attendant, la sûreté personnelle des individus y est respectée. »

115. **LEFÈVRE-GINEAU** (Louis), savant mathémat., de l'Institut, né dans les Ardennes.

L. a. s.; Collége royal, 24 juin, 2 p. in-4.

116. **LEGOUX-GERLAND** (Bénigne), de l'Acad. de Dijon, auteur d'un Essai sur l'hist. de Bourgogne, ami de Piron.

L. a. s. à Pasumo, son compatriote; Dijon, 1773, 2 p. 1/2 in-4, beau cachet armorié.

117. **LIBRI** (G.), mathématicien, bibliophile, de l'Institut.

L. a. s.; Londres, 23 juin 1849, 4 p. in-8.

Relative à la publicité donnée à son jugement et à sa défense.

118. **LOUIS XI**, roi de France.

Pièce sig. sur vélin; le Plessis, 24 oct. 1478, pet. in-4 obl. Un peu effacée dans un bout.

119. **LOUIS XII**, roi de France.

L. s. aux bourgeois, manants et habitants de Lyon; Blois, pénultième jour de janv. (1500), 1/2 p. in-4, trace de cachet.

Il leur reproche de donner cours à des monnaies prohibées et de transporter à l'étranger *un grand nombre d'or et d'argent*, au préjudice et dommage du royaume.

120. **LOUIS XVI**, roi des Français.

Pièce sig., 1791, 1/2 p. in f.

Ordre de paiement au jardinier de Trianon, à raison de 2,000 livres par an.

121. **LOUIS-PHILIPPE Ier**, roi des Français.

Let. sig. *P. Chartres*, comme colonel du 14e de dragons, à M. Brunot, à la grille, près la rue Mirabeau; Valenciennes, 29 août 1791, 1 p. in-4. Légère déchirure par le bris du cachet. *Très rare signée ainsi.*

122. **LE MÊME**. Pièce sig. *L. P. D.*, avec 60 pet. lignes aut., 26 fois paraphées *D.*; Paris, 10 janv. 1848, 23 p. in-f.

Projet de budget pour le service des bâtiments de la couronne pour l'exercice de 1848, soumis au roi par le comte de Montalivet, intendant de la liste civile, avec les observations de Louis-Philippe en regard des propositions de M. Fontaine, son architecte. Les décisions du roi sont remarquables et par l'esprit d'économie qui y préside et par l'époque à laquelle elles se rapportent. Par exemple, en regard du crédit de 60,000 fr. demandé pour le passage de la cour du Louvre, le placement des statues antiques dans leurs niches, il écrit : « Ajourné. Cela peut attendre, et cet ajournement me fournit des compensations pour d'autres travaux bien plus urgents, tels que la cave aux Tuileries. »

123. **LOUISE DE SAVOIE**, mère de François Ier, régente de France.

L. s. à M. Du Lude (gouverneur du Poitou); La Guiche, 17 août (1526), 1 p. in-f. *Belle pièce.*

Elle lui mande de s'opposer à l'élection de l'abbé d'une abbaye par les religieux, le roi et elle s'en réservant le choix.

124. **LOUISE-ELISABETH**, fille de Louis XV, duchesse de Parme.

L. a. s. (à la comtesse de Sivrac); Parme, 20 fév. 1750, 3/4 de p. in-8. *Jolie pièce.*

125. **LOUISE-MARIE DE FRANCE**, fille de Louis XV, religieuse carmélite, dont l'abbé Proyart a écrit la *Vie*.

L. a. s. à la comtesse de Sivrac; 20 juin 1760, 3/4 de p. in-8, beau cachet à ses armes.

126. **LUTRIN** (le), poème de Boileau.

Sentence des Requêtes du Palais, rendue dans la contestation sur le fameux *pupitre* de la Sainte-Chapelle, qui a servi de sujet à Boileau pour son immortel poème du *Lutrin*; pièce sur vélin, sig. Hubert, notaire apostolique et promoteur de la Sainte-Chapelle; Paris, 5 août 1667, 1 p. in-f.

Pièce originale, envoyée par l'abbé Jacques Boileau, chanoine de la Sainte-Chapelle, à Brossette, qui la lui avait demandée pour fixer la date et les circonstances de ce fait comique. La pièce, qu'il avait promis de rendre en cas de besoin, s'est retrouvée dans ses papiers.

127. **MAGU** tisserant de Lizy, poète distingué.

L. a. s.; Lizy, 11 sept. 1851, 3 p. in-8, enveloppe.

Réponse à une demande de renseignements biographiques. Il ne veut pas que l'on dise, en parlant de ses recueils, des *sublimes poésies*. « Je n'accepte pas, ajoute-il, un éloge qui n'appartient qu'à quelques grands poètes, tels que Corneille, Racine, Voltaire, etc. »

128. **MAIROBERT** (M.-F. *Pidansat* de), célèbre publiciste du XVIIIe siècle, né en Champagne.

Pièce de vers aut. sig., adressée à M. de Caumont, 1 p. in-4.

129. **MALESHERBES** (Lamoignon de).

Remontrances au roi, de 1770 à 1771, manuscrit (non

aut.) remis par lui à M^me de Senozan, sa sœur, 1 vol. in-12, rel. mar. rouge, dentelle. Portrait ajouté.

Une de ces remontrances est relative à La Chalotais.

130. **MANUEL** (J.-Ant.), député, célèbre orateur libéral.

L. a. s. à un de ses collègues; Paris, 18 mai, 1 p. in-8.

Relative à deux réfugiés piémontais que le gouvernement vient d'exiler à Bourges.

131. **MARIE-ADÉLAIDE DE FRANCE**, tante de Louis XVI.

L. a. s. à la comtesse de Sivrac; 16 juil. 1754, 1/2 p. in-8, cachet à ses armes. *Charmante épître.*

132. **MARINE**. Charte relative à une fourniture d'arbalètes aux villages de la vicomté de Bayeux, pour le fait du passage de la mer par Charles VI (descente en Angleterre), 28 août 1386, in-4 obl.

133. **MARINE**. Contrat de vente passée au roi Charles V de la *nef de Christophe*, étant à Harfleur, pour 600 francs d'or; pièce sur vélin, 6 fév. 1369, in-4.

134 **MAUCROIX** (François de), chanoine de Reims, littérateur, célèbre par ses liaisons intimes avec La Fontaine et Boileau.

L. a. s. à Boileau; Reims, 2 nov. 1683, 2 p. 1/2 in-8, cachet.

Il le prie de donner 10 louis à leur ami Cassendre, et lui apprend que M. Rainssant est enlevé aux malades de Reims pour devenir médecin de M. de Launoy. Il le charge de ses baise-mains pour MM. Puymaurin et Racine, et lui parle de La Fontaine.

135. **MEISSONNIER** (J.-L.-Ernest), célèbre peintre de genre contemporain, né à Lyon.

L. a. s., 1 p. in-8.

Il demande une perruque qui lui est nécessaire pour terminer un tableau.

136. **MERLIN DE DOUAI**, célèbre jurisconsulte et conventionnel.

L. a. s.; Paris, 1822, 1 p. 1/2 in-4.

137. **MONTIS** (l'abbé de), prédicateur du XVIII^e siècle, docteur en théologie, de l'Académie de La Rochelle.

*Panégyriques et autres discours de piété*, manuscrit original, avec corrections autog., 512 p. in-4.

138. **MUSIQUE** (la) **INSTITUTION RÉVOLUTIONNAIRE.**

Lettre du représentant à l'armée de l'Ouest aux citoyens de la *Compagnie des musiciens envoyés par le Comité de salut public aux armées*, copie certifiée et sig. par le représentant *Garrau*; Pontivi, 19 pluv. an 2, 1 p. in f., cachet.

Pièce historique fort curieuse, qui établit ce fait, inconnu, que le Comité de salut public envoyait des musiciens aux armées pour électriser les troupes. « En jouant la carmagnol à nos braves républicains, dit le représentant, vous étiez prêts à la faire danser aux brigands (les Vendéens)... La musique était dans les républiques anciennes un des premiers éléments de l'éducation : la république française ne la négligera pas... »

139. **NAPOLÉON Ier**, empereur des Français.

L. sig. *Buonaparte,* comme général d'artillerie, au cit. Bellot, garde magasin au fort Lamalgue; Nice, 29 vent. an 2, 1/2 p. in-4. Légère déchirure par la rupture du cachet.

« Vous devez avoir, lui dit-il, les appointements de mille francs. » Le payeur, par une note, refuse, ne connaissant pas de loi qui autorise le général à assurer ce traitement.

140. **LE MÊME**. L. s., comme général en chef de l'armée d'Egypte, (écrite par Bourienne), au général Vial; le Caire, 15 vend. an 7, 2 p. 1/2 in-f., tête imp. *Belle pièce.*

Ordre d'établir des signaux pour savoir s'il y a des bâtiments anglais au large de Damiette « Je désire que vous fassiez interroger tous les bâtiments de la Caramanie, de Chipre et du pachali de Tripoli, pour savoir de quelle manière y sont traités les Français, les consuls, et enfin pour avoir des nouvelles de Constantinople... »

141. **LE MÊME**. L. s. au capitaine Sébastiani; le Caire, 20 mess. an 7, 1/2 p. in-f., tête imp. *Belle pièce.*

Il lui promet l'avancement que lui mérite sa belle conduite devant Saint-Jean-d'Acre.

142. **LE MÊME**. L. s. (écrite par Bourienne) au préfet du Rhône; Milan, 15 prair. an 8, 3/4 de p. in-4, vignette. Un peu frippée.

Annonce de son arrivée à Milan, et de ses derniers succès sur l'ennemi.

143. **LE MÊME**. Apostille sig. *N.* sur un rapport sig. de Berthier, relatif au général Férey; Paris, 13 août 1810, 1 p. in-f.

144. **ORNANO** (Alphonse d'), colonel-général des Corses, gouverneur du Dauphiné pendant la Ligue, maréchal de France.

3 let. sig. à M. Girard, commissaire des guerres en Languedoc; Lyon, Pont-Saint-Esprit et Bordeaux, 1595-1600, 3 p. in-f.

145. **ORNANO** (Anne d'), fille du maréchal, femme d'Antoine du Roure, comte de Saint-Remèze.

2 l. a. s. à M. Guiloit; le Bousquet, 1628, 1 p. in-f. et 1 p. in-8.

146. **PALLOY**, fameux révolutionnaire, qui démolit la Bastille, connu sous le nom de *patriote Palloy.*

Minute de lettre, en partie aut., et sig., à Collot-d'Herbois; 24 déc. 1792, 3 p. in-4.

Très curieuse épître : envoi d'une médaille provenant d'un des *carcans de la Bastille;* éloge amphatique de l'*Almanach du père Gerard;* réflexions peu orthodoxes sur le remplacement des saints par les grands hommes et les philosophes : quant à lui, il adopte Diogène pour son patron.

147. **PARISET** (Et.), médecin, élégant écrivain sur son art, né dans les Vosges.

2 let. aut. sig. à Albert Montémont, 1844-46, 3 p. in-8.

Toutes deux relatives à des toasts portés par lui en l'honneur du département des Vosges.

148. **PASQUIER** (le duc), homme d'Etat, membre de l'Acad. franç.

2 let. aut. sig., 1831, 2 p. in-8.

149. **PEIGNOT** (Gabriel), célèbre bibliographe et érudit dijonnais.

L. a. s. à Amanton; Dijon, 27 déc. 1832, 3 p. in-4.

Relative à la vente de la bibliothèque d'Amanton, et à un vacarme qui a eu lieu dans l'église de Saint-Bénigne, de Dijon, pendant la messe de minuit.

150. **LE MÊME**. 3 l. a. s. au même; Dijon, 1834, 3 p. 1/2, in-4 et 6 p. in-8.

Relatives à l'*Eloge du marquis de Courtivron*, rédigé par Amanton.

151. **PIRON** (Alexis), célèbre poète du XVIIIe siècle.

2 pièces de vers aut., 1762, 2 p. in-4.

La première de ces deux pièces est une *Enigme* sur la colonnade du Louvre; l'autre a pour titre : *La Chaîne des événements, conte*, et commence par ces trois vers :

Comme souvent tout s'enfile ici-bas!
Des Bernardins pâturaient en lieu gras.
Près de leur clos vivaient des Bernardines.

152. **LE MÊME**. *Noël pour* 1763, manuscrit aut., 17 p. in-8.

Revue satirique de l'Académie française, qui se présente en corps devant le berceau de Jésus, pour lui rendre hommage. L'auteur met successivement en scène le maréchal de Richelieu, l'abbé d'Olivet, l'abbé de La Ville, Nivernois, Villars fils, Bernis, Séguier, Voltaire, Marmontel, Buffon, Gresset, Moncrif et Le Franc de Pompignan. Chacun a son couplet, sur l'air : *Laissez paître vos bêtes*. Voici celui de Voltaire :

Vient le Phénix, un qui, dit-on,
Est, lui seul, Homère, Platon,
Sophocle, Tacite et Newton.
Il se fait faire place,
Salue à peine l'Eternel,
Et, pour toute préface,
Dit : *Je me nomme un Tel.*

153 **LE MÊME**. *Epitaphe d'un grammairien de l'Académie françoise*, pièce de vers aut., 2 p. in-4.

Epigramme contre l'abbé d'Olivet.

154. **LE MÊME**. *Gustave Wasa*, tragédie en 5 actes, manuscrit aut., avec de nombreuses corrections, 109 p. in-4, 1/2 rel. mar. vert.

155. **PRÉVOST-PARADOL**, publiciste, membre de l'Acad. franç.

Manuscrit aut. sig., 18 p. in-f.

Etude sur M. *Bright*, orateur et économiste, chef du parti démocratique en Angleterre.

156. **QUÉRARD**, savant bibliographe.

2 l. a. s. à Amanton, 1829, 3 p. in-4.

Relatives à sa *France littéraire*.

157. **RACLE** (Léonard), architecte de Voltaire, pour qui il construisit le château de Ferney.

2 let. à Amanton, dont une autog. sig. et l'autre seulement sig.; Pont-de-Vaux, 1788-89, 3 p. 1/2 in-4.

Relatives à un mémoire sur la mécanique, soumis par lui à l'Académie de Dijon.

158. **RAFFET**, peintre et célèbre dessinateur.

L. a. s. à M. Gihaut, 9 mai 1835, 1 p. pl. in-8. Avec un petit dessin à la plume représentant un *hussard*.

Il demande une avance de 400 francs pour terminer une étude, et avertit son éditeur de préparer des pierres, qu'il veut faire son *Album* cet été.

159. **RAMPONEAUX** (J.), fameux cabaretier, célébré par les chansonniers de la fin du XVIII$^{e}$ siècle.

Acte sig., 17 pluv. an 6, 1 p. 1/2 in-8.

160. **REDOUTÉ** (P.-J.), l'habile peintre de fleurs.

L. a. s. à la reine des Français, 29 janv. 1836, 1 p. in-f. *Belle pièce.*

Il vient de recevoir un commandement du tribunal, qui le met dans le plus grand embarras. Si le roi consentait à faire l'acquisition des dessins originaux de ses *Roses*, il pourrait se tirer de cette terrible situation.

161. **ROBESPIERRE JEUNE**, conventionnel célèbre, décapité avec son frère.

L. s. au ministre de la guerre; Nice, 7$^{e}$ jour du 2$^{e}$ mois de l'an 2, 1 p. in-4.

Curieuse lettre sur des contestations entre les officiers *enfants du corps* et les officiers *enfants du pouvoir exécutif*.

162. **ROIS DE FRANCE**. 3 pièces sig.

François I$^{er}$. Pièce sig. sur vélin, contresig. *Bochetel*, (1535), in-4. Un peu effacée, coupée dans une marge. — Henri IV. Pièce sig. sur vélin, in-8.

163. **ROUSSEAU** (J.-J.), l'illustre écrivain.

Recueil d'airs et de romances lui ayant appartenu, et contenant 26 pages écrites de sa main, paroles et musique; 2 vol. in-4, rel. maroq. rouge, tr. dor., filets, doublés de tabis.

Les 26 pages autographes de Jean-Jacques sont au commencement d'un des deux volumes, dont le reste est rempli par des romances écrites par diverses femmes, sans doute de son intimité. Ainsi, on y trouve une chanson, assez leste, en trois couplets, écrite de la main de M$^{me}$ *Dupin*, femme du fermier général, une des personnes les plus aimables du XVIII$^{e}$ siècle. (V. le n° 71 de ce catalogue.)

164. **SAINT-SIMON** (le duc de), auteur des *Mémoires*.

Pièce sig., avec une ligne aut., 8 mars 1731, 3/4 de p. in-4.

Quittance d'une somme que lui remet le receveur de son duché-pairie.

165. **SALETTE** (Notre-Dame de la).

L. a. s. de M. *Perrin*, curé de la Salette; la Salette, 1849, 2 p. in-4.

Epître fort curieuse sur l'eau miraculeuse de N.-D. de la Salette, qui a opéré 80 guérisons *éclatantes et surnaturelles*. Aussi les demandes de cette eau arrivent-elles de tous côtés. La confrérie érigée à cette occasion, il y a six mois, compte aujourd'hui six mille souscripteurs.

166. **SANSON** (Ch.-Henri), exécuteur des hautes œuvres pendant la Révolution.

L. a. s. aux administrateurs du département de Seine-et-Oise; Versailles, 7 sept. 1793, 1 p. in-f.

Obligé de tenir maison à Paris et de résider à Versailles, il demande un logement gratis dans un bâtiment national de cette dernière ville. — Suit un arrêté par lequel on lui accorde un logement dans les *écuries de la femme de feu Capet*.

167. **SANSON** (Henri-Clément), exécuteur des hautes œuvres sous Louis-Philippe, auteur de *Mémoires*.

L. a. s., 23 mars 1842, 1 p. in-8, cachet à son chiffre, surmonté d'une couronne de comte.

Relative à une exécution.

SANSON (Henri), exécuteur des hautes œuvres sous la Restauration.

L. a. s., 1819, 1 p. in-4.

168. **SALM** (la princesse de), célèbre femme poète, né à Nantes.

1° L. a. s. à Albert de Montémont; Dyck, 1831, 6 p. in-8, enveloppe. Passée au vinaigre. — 2° L. s. au même, 1837, 3 p. in-8.

169. **SCHEFFER** (Ary), peintre célèbre.

L. a. s. à un général, 1 p. in-8. Portrait.

170. **SICARD** (l'abbé), célèbre instituteur des Sourds-Muets, de l'Institut.

L. a. s. à Ponce, président du Musée de Paris; 10 nov. 1790, 1 p. in-4.

171. **SOPHIE DE FRANCE** (M^me^), fille de Louis XV.

L. a. s. (à la comtesse de Sivrac), 5 juil. 1763, 1/2 p. in-8.

172. **SURCOUF** (Robert), intrépide marin, né à St-Malo.

L. s.; St-Malo, 1817, 1/2 p. in-8.

173. **TABLE DE HENRI IV**. — Compte des fournitures faites pour les *panneteries*, *échansonneries* et *cuisines* du roi le 6 juillet 1607, pièce sur vélin, sig. par 3 officiers de bouche, 1 p. double in-f.

174. **TALMA** (Caroline *Vanhove*, seconde femme de), actrice du Théâtre-Français.

L. a. s., 1 p. in-8.

175. **TERRAY** (l'abbé), fameux contrôleur-général des finances.

1° L. s. au subdélégué de Bayeux; Compiègne, 1773, 1/2 p. in-f. Relative aux droits dont jouit cette ville. — 2° Mémoire avec une note aut. sig. en marge, 1774, 19 p. in-f.

Cette dernière pièce, très curieuse, est relative aux preuves de noblesse de la famille de *Beauchesne de La Chevalleraye*, pour son domaine de Talhouet, en Bretagne.

176. **VICTOIRE** (M$^{me}$), fille de Louis XV, princesse connue par sa piété et ses vertus.

L. a. s. (à la comtesse de Sivrac); Compiègne, 15 juil. 1763, 1 p. pl. in-8. *Belle pièce.*

177. **WEISS** (Charles), laborieux biographe, né à Besançon, mort récemment.

4 l. a. s. à Amanton; Besançon, 1815-32, 11 p. in-8 ou in-4.

Correspondance très intéressante, relative en grande partie à ses articles pour la *Biographie universelle* de Michaud, dont il était le principal collaborateur.

178. **COLLECTION** des catalogues d'autographes rédigés par M. *Charon* et par M. *Auguste Laverdet*, de 1839 à 1863, avec les prix, 9 vol. in-8, 1/2 rel. veau.

179. **CATALOGUE** de la collection d'autographes, de M. Lucas de Montigny, rédigé par M. Aug. Laverdet; 1860, 1 vol. in-8 broché. Exemplaire en pap. vergé et avec titre rouge.

180. Sous ce numéro seront vendus plusieurs lots de catalogues d'autographes, dont un certain nombre avec les prix.

181. **PORTRAITS**. Environ 100 portraits, qui seront vendus en un ou plusieurs lots.

---



Rouen, imp. Julien Lecerf et Duval, rue des Bons-Enfants, 46-48.

www.ingramcontent.com/pod-product-compliance
Ingram Content Group UK Ltd.
Pitfield, Milton Keynes, MK11 3LW, UK
UKHW020534180726
13839UKWH00005B/2496